JUAN PABLO TENÍA CUATRO
AÑOS, IBA AL JARDÍN Y ERA
EL ÚNICO EN SU SALA QUE
NO TENÍA HERMANITOS.

UN DÍA, SU MAMÁ Y SU PAPÁ
LE DIERON LA NOTICIA DE
QUE PRONTO IBA A TENER
UNA HERMANITA PARA JUGAR.

A JUAN PABLO NO
LE GUSTÓ MUCHO LA IDEA,
PERO NO DIJO NADA Y
SE FUE A SU HABITACIÓN.

SUS PAPÁS SE QUEDARON MUY PREOCUPADOS
Y DECIDIERON QUE IBAN A HABLAR
CON ÉL DURANTE LA CENA.

**JUAN PABLO NO QUISO CENAR,
DIJO QUE TENÍA SUEÑO
Y QUE QUERÍA DORMIR.**

**PERO LA VERDAD ERA QUE
JUAN PABLO ESTABA MUY TRISTE.
LLORÓ Y LLORÓ HASTA
QUE SE QUEDÓ DORMIDO.**

ESA NOCHE SOÑÓ QUE TENÍA
QUE COMPARTIR SU CUARTO CON
SU HERMANITA Y ELLA LE ROMPÍA
TODOS LOS JUGUETES.

A MEDIA NOCHE, LOS PAPÁS DE
JUAN PABLO ESCUCHARON QUE
ALGUIEN GRITABA Y LLORABA.

**FUERON HASTA LA HABITACIÓN DE SU HIJO
Y OBSERVARON QUE LLORABA DORMIDO
Y DABA VUELTAS EN LA CAMA.**

SUS PAPÁS LO DESPERTARON
Y LO ABRAZARON FUERTE.
ENTONCES ÉL LES CONTÓ POR QUÉ
NO QUERÍA TENER UNA HERMANITA.

JUAN PABLO LES HABLÓ DE SUS TEMORES:
QUE ELLA LE IBA A ROMPER TODOS SUS
JUGUETES Y QUE, ADEMÁS, YA NO LO
IBAN A QUERER COMO ANTES.

SUS PAPÁS LE EXPLICARON QUE LOS IBAN
A QUERER A LOS DOS POR IGUAL.
ENTONCES, JUAN PABLO COMPRENDIÓ QUE
IBA A SER LINDO TENER UNA HERMANITA
PARA JUGAR Y CRECER JUNTOS.